AF555509

LE DEVIN DU VILLAGE,

INTERMÉDE,

REPRÉSENTÉ A FONTAINEBLEAU

DEVANT LE ROY,

Les 18 & 24 Octobre 1752. & à PARIS,

PAR L'ACADÉMIE ROYALE

DE MUSIQUE,

Le Jeudy premier Mars 1753.

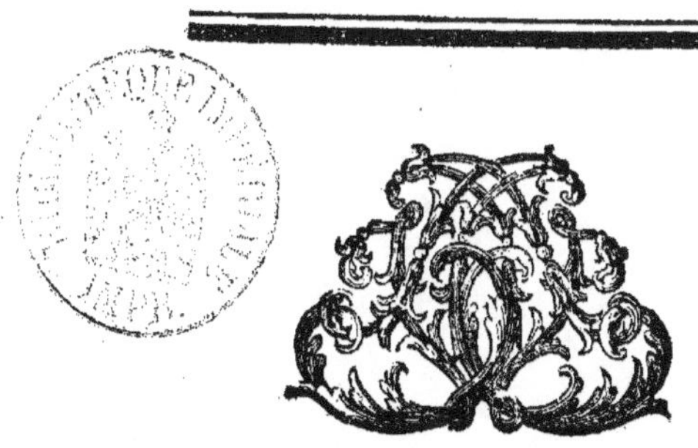

AUX DÉPENS DE L'ACADÉMIE.

A PARIS, Chez la V. DELORMEL & FILS, Imprimeur de ladite Académie, rue du Foin, à l'Image Ste. Geneviéve.

On trouvera des Livres de Paroles à la Salle de l'Opéra.

M. DCC. LIII.

AVEC APPROBATION ET PRIVILEGE DU ROY.

Les Paroles & la Musique sont de M. ROUSSEAU.

A MONSIEUR

DUCLOS,

HISTORIOGRAPHE

DE FRANCE,

L'un des Quarante de l'Académie Françoise, & de celle des Belles-Lettres.

Souffrez, Monsieur, que votre nom soit à la tête de cet Ouvrage, qui sans vous n'eut point vû le jour. Ce sera ma premiere & unique Dédicace : Puisse-t'elle vous faire autant d'honneur qu'à moi.

Je suis de tout mon cœur, Monsieur,

Votre très-humble, & très-obéissant Serviteur,

J. J. Rousseau.

ACTEURS CHANTANS

Dans les Chœurs.

Côté du Roi.		Côté de la Reine.	
Mesdemoiselles.	*Messieurs.*	*Mesdemoiselles.*	*Messieurs.*
Dun.	Lefebvre.	Rollet.	S. Martin.
Tulou.	Le Page, C.	Daliere.	Gratin.
Delorge.	Marotte.	Masson.	Le Mesle.
Larcher.	Levesque.	Gondré.	Chaboud.
Cazeau.	Fel.	Héry.	Le Vasseur.
LeTourneur	Le Roy.	Duval. 1re.	Chapotin.
La Croix.	Selle.	Sallaville.	Favier.
Duval. 2e.	Roze.	Adelaïde.	Feret.
Gaultier.	Robin.	Lachanterie	Du Perrier.
DeS.Hilaire	Antheaume.	Dauger.	Lombard.
Beyssac.			Laurent.

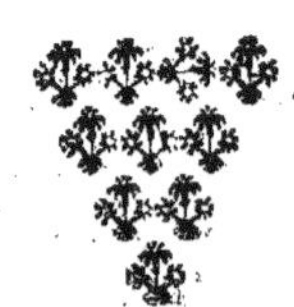

ACTEURS.

COLIN.	Mr. Jeliote.
COLETTE.	Mlle Fel.
LE DEVIN.	Mr. Cuvillier.

Troupe de Jeunes Gens du Village.

PERSONNAGES DANSANS.

LA JEUNESSE.

M^rs. Gallini, Hamoche, Caiez, Beat.

Mlles. Chevrier, Sauvage, Deſchamps, Raymond.

PASTOURELLES.

Mlle. VESTRIS.

Mlles. Beaufort, Courcelles, Dazenoncour, Ponchon.

VILLAGEOIS.

M^r. LANY.

M^rs. Feuillade, Hyacinte, Gobert, Deſplaces, c.

PANTOMIME.

M^r. LANY, Mlle. RAY, M^r. VESTRIS, en Chaſſeur.

LE DEVIN DU VILLAGE,

INTERMÉDE.

Le Theâtre repréſente d'un côté la Maiſon du Devin, de l'autre des Arbres & des Fontaines, & dans le fond un Hameau.

SCENE PREMIERE.

COLETTE *ſoupirant, & s'eſſuyant les yeux de ſon Tablier.*

J'Ai perdu tout mon bonheur ;
J'ai perdu mon ſerviteur ;
Colin me délaiſſe.

Hélas, il a pû changer!
Je voudrois n'y plus ſonger:
J'y ſonge ſans ceſſe.

J'ai perdu mon ſerviteur;
J'ai perdu tout mon bonheur,
Colin me délaiſſe.

Il m'aimoit autrefois, & ce fut mon malheur.
Mais quelle eſt donc celle qu'il me préfere!
Elle eſt donc bien charmante! imprudente Bergere,
Ne crains-tu point les maux que j'éprouve en ce jour?
Colin m'a pu changer; tu peux avoir ton tour.

Que me ſert d'y rêver ſans ceſſe?
Rien ne peut guérir mon amour,
Et tout augmente ma triſteſſe.

J'ai perdu mon ſerviteur;
J'ai perdu tout mon bonheur,
Colin me délaiſſe.

Je veux le haïr.... je le dois....
Peut-être il m'aime encor... pourquoi me fuir ſans ceſſe?
Il me cherchoit tant autrefois.

Le Devin du Canton fait ici ſa demeure;
Il ſçait tout; il ſçaura le ſort de mon amour:
Je le vois, & je veux m'éclaircir en ce jour.

SCENE

SCENE II.

LE DEVIN, COLETTE.

Tandis que le DEVIN *s'avance gravement,* COLETTE *compte dans ſa main de la monnoye ; puis elle la plie dans un papier, & la préſente au* DEVIN, *après avoir un peu héſité à l'aborder.*

COLETTE *d'un air timide.*

PErdrai-je Colin ſans retour ?
Dites-moi s'il faut que je meure.

LE DEVIN *gravement.*

Je lis dans votre cœur, & j'ai lû dans le ſien.

COLETTE.

O Dieux !

LE DEVIN.

Modérez-vous.

COLETTE.

Eh bien ?
Colin.....

LE DEVIN.

Vous eſt infidéle.

COLETTE.

Je me meurs.

LE DEVIN.

Et pourtant, il vous aime toûjours.

COLETTE *vivement.*

Que dites-vous?

LE DEVIN.

Plus adroite & moins belle,
La Dame de ces lieux. . . . . .

COLETTE.

Il me quitte pour elle!

LE DEVIN.

Je vous l'ai déja dit, il vous aime toûjours.

COLETTE *tristement.*

Et toujours il me fuit.

LE DEVIN.

Comptez sur mon secours.

Je prétends à vos pieds ramener le volage.
Colin veut être brave, il aime à se parer:
Sa vanité vous a fait un outrage
Que son amour doit réparer.

COLETTE.

Si des Galans de la Ville
J'euſſe écouté les diſcours,
Ah ! qu'il m'eut été facile
De former d'autres amours !

Miſe en riche Demoiſelle
Je brillerois tous les jours ;
De rubans & de dentelle
Je chargerois mes atours.

Pour l'amour de l'infidélle
J'ai refuſé mon bonheur,
J'aimois mieux être moins belle
Et lui conſerver mon cœur.

LE DEVIN.

Je vous rendrai le ſien, ce ſera mon ouvrage.
Vous, à le mieux garder appliquez tous vos ſoins ;
Pour vous faire aimer d'avantage,
Feignez d'aimer un peu moins.

L'Amour croit s'il s'inquiette ;
Il s'endort s'il eſt content :
La Bergere un peu coquette
Rend le Berger plus conſtant.

COLETTE.

A vos ſages leçons Colette s'abandonne.

LE DEVIN.

Avec Colin prenez un autre ton.

COLETTE.

Je feindrai d'imiter l'exemple qu'il me donne.

LE DEVIN.

Ne l'imitez pas tout de bon ;
Mais qu'il ne puiſſe le connoître.
Mon art m'apprend qu'il va paroître,
Je vous appellerai quand il en ſera tems.

SCENE III.

LE DEVIN.

J'Ai tout ſçu de Colin, & ces pauvres enfans
Admirent tous les deux la ſcience profonde
Qui me fait deviner tout ce qu'il m'ont appris.
Leur amour à propos en ce jour me ſeconde;
En les rendant heureux, il faut que je confonde
De la Dame du lieu les airs & les mépris.

SCENE IV.

LE DEVIN, COLIN.

COLIN.

L'Amour & vos leçons m'ont enfin rendu ſage;
Je préfére Colette a des biens ſuperflus:
Je ſçus lui plaire en habit de village;
Sous un habit doré qu'obtiendrois-je de plus?

LE DEVIN.

Colin il n'eſt plus tems, & Colette t'oublie.

COLIN.

Elle m'oublie, ô Ciel! Colette a pû changer!

LE DEVIN.

Elle eſt femme, jeune & jolie ;
Manqueroit-elle à ſe venger ?

COLIN.

Non, Colette n'eſt point trompeuſe ;
Elle m'a promis ſa foi :
Peut-elle être l'Amoureuſe
D'un autre Berger que moi ?

LE DEVIN.

Ce n'eſt point un Berger quelle préfére à toi,
C'eſt un beau Monſieur de la Ville.

COLIN.

Qui vous l'a dit ?

LE DEVIN avec emphaſe.

Mon Art.

COLIN.

Je n'en ſaurois douter.
Hélas qu'il m'en va couter
Pour avoir été trop facile !
Aurois-je donc perdu Colette ſans retour ?

LE DEVIN.

On ſert mal à la fois la Fortune & l'Amour.
D'être ſi beau Garçon quelquefois il en coûte.

COLIN.

De grace, apprenez-moi le moyen d'éviter
Le coup affreux que je redoute.

LE DEVIN.

Laiſſe-moi ſeul un moment conſulter.

Le Devin tire de ſa poche un Livre de grimoire & un petit bâton de Jacob avec leſquels il fait un charme. De jeunes Payſannes qui venoient le conſulter, laiſſent tomber leurs préſens, & ſe ſauvent tout effrayées en voyant ſes contorſions.

LE DEVIN.

Le charme eſt fait. Colette en ce lieu va ſe rendre;
Il faut ici l'attendre.

COLIN.

A l'appaiſer pourrai-je parvenir?
Hélas! voudra-t'elle m'entendre?

LE DEVIN.

Avec un cœur fidéle & tendre
On a droit de tout obtenir.

à part.

Sur ce qu'elle doit dire allons la prévenir.

SCENE V.

COLIN.

JE vais revoir ma charmante Maîtreſſe.
Adieu châteaux, grandeurs, richeſſe,
Votre éclat ne me tente plus;
Si mes pleurs, mes ſoins aſſidus
Peuvent toucher ce que j'adore,
Je vous verrai renaître encore
Doux momens que j'ai perdus.

Quand on ſçait aimer & plaire
A-t'on beſoin d'autre bien!
Rend-moi ton cœur, ma Bergere,
Colin t'a rendu le ſien.

Mon chalumeau, ma houlette
Soyez mes ſeules grandeurs;
Ma parure eſt ma Colette,
Mes tréſors ſont ſes faveurs.

Que de Seigneurs d'importance
Voudroient bien avoir ſa foi!
Malgré toute leur puiſſance,
Ils ſont moins heureux que moi.

SCENE

SCENE VI.

COLIN, COLETTE parée.

COLIN à part.

JE l'apperçois... Je tremble en m'offrant à sa vûe...
.... Sauvons-nous.... Je la perds si je fuis....

COLETTE à part.

Il me voit...... Que je suis émue !
Le cœur me bat.....

COLIN.

Je ne sçais où j'en suis.

COLETTE.

Trop près sans y songer je me suis approchée.

COLIN.

Je ne puis m'en dédire, il la faut aborder.

A Colette d'un ton radouci, & d'un air moitié riant, moitié embarassé.

Ma Colette.... êtes vous fâchée ?
Je suis Colin : daignez me regarder.

COLETTE.

Colin m'aimoit; Colin m'étoit fidele :
Je vous regarde, & ne vois plus Colin.

COLIN.

Mon cœur n'a point changé ; mon erreur trop cruelle
Venoit d'un ſort jetté par quelque eſprit malin :
Le Devin l'a détruit ; je ſuis, malgré l'envie,
Toujours Colin, toujours plus amoureux.

COLETTE.

Par un ſort, à mon tour, je me ſens pourſuivie.
Le Devin n'y peut rien.

COLIN.

Que je ſuis malheureux !

COLETTE.

D'un Amant plus conſtant....

COLIN.

Ah de ma mort ſuivie
Votre infidelité.....

COLETTE.

Vos ſoins ſont ſuperflus ;
Non, Colin, je ne t'aime plus.

COLIN.

Ta foi ne m'eſt point ravie ;
Non, conſulte mieux ton cœur :
Toi-même en m'ôtant la vie
Tu perdrois tout ton bonheur.

COLETTE.

à part. *à Colin.*

Hélas ! Non vous m'avez trahie,
Vos ſoins ſont ſuperflus :
Non, Colin, je ne t'aime plus.

COLIN.

C'en eſt donc fait ; vous voulez que je meure ;
Et je vais pour jamais m'éloigner du hameau.

COLETTE *rappellant Colin qui s'éloigne lentement.*

Colin ?

COLIN.

Quoi ?

COLETTE.

Tu me fuis ?

COLIN.

Faut-il que je demeure
Pour vous voir un Amant nouveau ?

COLETTE.

Tant qu'à mon Colin j'ai ſçu plaire,
Mon ſort combloit mes deſirs.

COLIN.

Quand je plaiſois à ma Bergere,
Je vivois dans les plaiſirs.

COLETTE.

Depuis que ſon cœur me mépriſe
Un autre a gâgné le mien.

COLIN.

Aprés le doux nœud quelle briſe
Seroit-il un autre bien ?
D'un ton pénetré.
Ma Colette ſe dégage!

COLETTE.

Je crains un Amant volage;

ENSEMBLE.

Je me dégage à mon tour.
Mon cœur, devenu paiſible,
Oublira, s'il eſt poſſible,
Que tu lui fus {cher / chere} un jour.

COLIN.

Quelque bonheur qu'on me promette
Dans les nœuds qui me ſont offerts,
J'euſſe encor préferé Colette
A tous les biens de l'Univers.

COLETTE.

Quoi qu'un Seigneur jeune, aimable,
Me parle aujourd'hui d'Amour,
Colin m'eût ſemblé préférable
A tout l'éclat de la Cour.

COLIN tendrement.

Ah Colette!

COLETTE avec un ſoupir.

Ah! Berger volage,
Faut-il t'aimer malgré moi?

Colin ſe jette aux pieds de Colette; elle lui fait remarquer à ſon chapeau un Ruban fort riche qu'il a reçu de la Dame: Colin le jette avec dédain. Colette lui en donne un plus ſimple, dont elle étoit parée, & qu'il reçoit avec tranſport.

ENSEMBLE.

A jamais Colin { je t'engage / t'engage }
{ Mon / Son } cœur & { ma / ſa } foi
Qu'un doux mariage
M'uniſſe avec toi.
Aimons toujours ſans partage
Que l'Amour ſoit notre loi.
A jamais, &c.

SCENE VII.

LE DEVIN, COLIN, COLETTE.

LE DEVIN.

Je vous ai délivrés d'un cruel maléfice;
Vous vous aimez encor malgré les envieux.

C O L I N.

Ils offrent chacun un présent au Devin.

Quel don pourroit jamais payer un tel service ?

LE DEVIN *recevant des deux mains.*

Je suis assez payé si vous êtes heureux.
Venez jeunes Garçons, venez aimables Filles,
Rassemblés vous, venez les imiter ;
Venez galans Bergers, venez beautés gentilles
En chantant leur bonheur apprendre à le gouter.

SCENE DERNIERE.

LE DEVIN, COLIN, COLETTE.
GARÇONS & FILLES DU VILLAGE.

C H Œ U R.

COlin revient à sa Bergere ;
Célébrons un retour si beau.
Que leur amitié sincere
Soit un charme toujours nouveau.

Du Devin de notre Village
Chantons le pouvoir éclatant:
Il ramene un Amant volage,
Et le rend heureux & constant.

On danse.

COLIN.

ROMANCE.

Dans ma cabane obſcure
Toujours ſoucis nouveaux ;
Vent, Soleil, ou froidure,
Toujours peine & travaux.
Colette ma Bergere
Si tu viens l'habiter,
Colin dans ſa chaumiere
N'a rien à regretter.

Des champs, de la prairie
Retournant chaque ſoir,
Chaque ſoir plus chérie
Je viendrai te revoir :
Du Soleil dans nos plaines
Devançant le retour,
Je charmerai mes peines
En chantant notre Amour.

PANTOMIME.

LE DEVIN.

Il faut tous à l'envi
Nous ſignaler ici ;
Si je ne puis ſauter ainſi,
Je dirai pour ma part une Chanſon nouvelle.

Il tire une Chanſon de ſa poche.

I.

L'Art à l'Amour eſt favorable,
Et ſans art l'Amour ſçait charmer ;
A la Ville on eſt plus aimable,
Au Village on ſçait mieux aimer :
Ah ! pour l'ordinaire
L'Amour ne ſçait guere,
Ce qu'il permet, ce qu'il défend ;
C'eſt un Enfant, c'eſt un Enfant.

COLIN répéte le refrain,

Ah ! pour l'ordinaire,
L'Amour ne ſçait guere
Ce qu'il permet ce qu'il défend ;
C'eſt un Enfant, c'eſt un Enfant.

Regardant la Chanſon.

Elle a d'autres Couplets ! je la trouve aſſez belle.

COLETTE avec empreſſement.

Voyons, voyons, nous chanterons auſſi.

(*Elle prend la Chanſon.*)

I I.

Ici de la ſimple Nature,
L'Amour ſuit la naïveté ;
En d'autres lieux de la parure
Il cherche l'éclat emprunté.

Ah !

Ah ! pour l'ordinaire,
L'Amour ne ſçait guere
Ce qu'il permet, ce qu'il défend;
C'eſt un Enfant, c'eſt un Enfant.

CHŒUR.

C'eſt un Enfant, c'eſt un Enfant.

COLIN.

III.

Souvent une flâme chérie
Eſt celle d'un cœur ingénû :
Souvent par la coquetterie
Un cœur volage eſt retenu.
Ah ! pour l'ordinaire, &c.

(*à la fin de chaque Couplet, le Chœur répete toûjours ce vers.*)

C'eſt un Enfant, c'eſt un Enfant.

LE DEVIN.

IV.

L'Amour ſelon ſa fantaiſie,
Ordonne & diſpoſe de nous :
Ce Dieu permet la jalouſie,
Et ce Dieu punit les jaloux.
Ah ! pour l'ordinaire, &c.

COLIN.

V.

A voltiger de belle en belle,
On perd ſouvent l'heureux inſtant;
Souvent un Berger trop fidelle
Eſt moins aimé qu'un inconſtant.
Ah! pour l'ordinaire, &c.

COLETTE.

VI.

A ſon caprice on eſt en butte,
Il veut les ris, il veut les pleurs;
Par les.... par les...

COLIN lui aidant à lire.

Par les rigueurs on le rebutte.

COLETTE.

On l'affoiblit par les faveurs.

ENSEMBLE.

Ah! pour l'ordinaire,
L'Amour ne ſçait guere
Ce qu'il permet, ce qu'il défend;
C'eſt un Enfant, c'eſt un Enfant.

CHŒUR.

C'eſt un Enfant, c'eſt un Enfant.

On danſe.

COLETTE.

Avec l'objet de mes amours,
Rien ne m'afflige, tout m'enchante ;
Sans cesse il rit, toûjours je chante :
C'est une chaîne d'heureux jours.

Quand on sçait bien aimer, que la vie est charmante !
Tel, au milieu des fleurs qui brillent sur son cours,
Un doux ruisseau coule & serpente.
Quand on sçait bien aimer, que la vie est charmante !

On danse.

COLETTE.

Allons danser sous les ormeaux,
Animez-vous jeunes fillettes :
Allons danser sous les ormeaux,
Galans prenez vos chalumeaux.

LES VILLAGEOISES *répètent ces 4 vers.*

COLETTE.

Répétons mille chansonnettes,
Et pour avoir le cœur joyeux,
Dansons avec nos amoureux,
Mais n'y restons jamais seulettes.
Allons danser sous les ormeaux, &c.

LES VILLAGEOISES.

Allons danser sous les ormeaux, &c.

COLETTE.

A la Ville on fait bien plus de fracas;
Mais sont-ils aussi gais dans leurs ébats?
Toujours contens,
Toujours chantans;
Beauté sans fard,
Plaisir sans art;
Tous leurs Concerts valent-ils nos musettes?
Allons danser sous les ormeaux, &c.

LES VILLAGEOISES.

Allons danser sous les ormeaux, &c.

FIN.

APPROBATION.

J'Ai lû par ordre de Monseigneur le Chancelier *le Devin de Village*, & je n'y ai rien trouvé qui doive en empêcher l'impression. A Versailles, ce cinq Février 1753.

DEMONCRIF.

www.ingramcontent.com/pod-product-compliance
Lightning Source LLC
LaVergne TN
LVHW010407240826
846091LV00020B/2833